Bruno Pockrandt

»...etwas Besseres als den Tod findest du überall!«

Notate zu Flucht und Zuflucht

*Möge sie allezeit Zuflucht finden
und andere selbst Zuflucht werden*

Justus Bockardy.

Pf–, 24.11.2016

[℗ Offenbacher Editionen]

Bruno Pockrandt

»... etwas Besseres als den Tod findest du überall! «

Notate zu Flucht und Zuflucht

Allen, die auf der Flucht
vor dem Tod
ihr Leben ließen

Wie groß ist deine Güte, Herr,
die du bereithältst für alle,
die dich fürchten und ehren,
du erweist sie allen,
die sich vor den Menschen
zu dir flüchten."

Ps 31, 20

"... ab und zu ereigen sich eben doch vermutlich in jedem Menschenleben Augenblicke, in denen die nüchterne Alltagsliebe, die kaum von vernünftigem Egoismus unterschieden werden kann, plötzlich vor die Alternative gestellt wird zu lieben ohne Lohn, zu vertrauen ohne Rückversicherung, zu wagen, wo einem scheinbar nur ein sinnloses Abenteuer zugemutet wird, das sich nie rentieren kann."

Karl Rahner

Inhaltsverzeichnis

Vorwort

Es ist nur ein paar Jahre her, dass der omnipräsente Philosoph Sloterdijk von den Erregungsvorschlägen sprach, die der erregungsbereiten bundesdeutschen Öffentlichkeit per Radio, Fernsehen und Zeitung Tag für Tag präsentiert würden. Fehltritte von Politikern und anderer Prominenz, Skandale und Skandälchen, über die zu echauffieren eine ansonsten zerklüftete und heterogene Gesellschaft sich kurzfristig als eine und einige erlebe.

Eines ist ersichtlich und greifbar: Die so genannte Flüchtlingsfrage ist spätestens im Sommer 2015 über die bundesrepublikanische Gesellschaft gekommen wie ein unangekündigter (möglicherweise stimmt schon das nicht) Hurrikan, sie wird aber nicht wie einer der Erregungsgründe, von denen Sloterdijk sprach, wie von Zauberhand verschwinden, um der nächsten Erregungswelle Platz zu schaffen. Die Menschen, die in diesem Sommer als Flüchtlinge und Asylsuchende zu uns gekommen sind, werden bleiben, nicht wenige von ihnen für immer, und mit ihnen die Fragen, die diese Menschen mit ihren Gründen zu fliehen, mit ihrem kulturellen *background,* mit ihren kurz- und längerfristigen Bedürfnissen und Ansprüchen, an uns stellen.

Unprecedented nennt der Engländer eine solche Situation, beispiellos, unvorbereitet, ungeplant, unplanbar. Und in solchen *uncharted waters* ist die Suche nach Orientierung, nach Handlungsmaximen und Leitplanken unausweichlich. Man fahre auf Sicht, sagen die PolitikerInnen gerne in solchen Situationen, und man spürt sorgenvoll, wie sehr sie sich im Nebel bewegen.

Das Faszinierende an Bruno Pockrandts schmalem Buch zur so genannten Flüchtingsproblematik ist der insistierende Hinweis, dass solche Handlungsmaximen nicht erst neu diskutiert und formuliert werden müssen, dass es Leitplanken in dieser scheinbar so neuen Lage gibt, dass Orientierung zu haben ist, so man sich darauf einlassen will und kann.

Auf etlichen Seiten dieses Büchleins finden sich Rückbezüge auf die Heilige Schrift, Zitate aus dem Ersten und dem Zweiten Testament. Bei aufmerksamer Lektüre wird einem vielleicht neu bewusst, dass das, was wir Bibel nennen, in vielerlei Hinsicht eine Schrift über das Thema Heimat, Heimatlosigkeit, Flucht und Vertreibung ist. Das erste Glaubensbekenntnis der Israeliten beginnt mit dem Satz: *Mein Vater war ein heimatloser Aramäer.* Selbst vom Gottessohn heißt es: *Er kam in sein Eigentum, doch die Seinen nahmen ihn nicht auf.* Dass viele, die mit Angst und Abwehr auf die zu uns kommenden Fliehenden reagieren, Sorge um den Fortbestand der jüdisch-christlichen Tradition äußern, kann unter dieser Rücksicht nur als Perversion des biblischen Erbes bezeichnet werden.

Dann gibt es eine zweite, säkulare Grundschrift, die uns Orientierung und Leitplanke sein kann, und auf die Bruno Pockrandt sich wiederholt bezieht: das Grundgesetz und das darin festgeschriebene Grund-Recht auf Asyl. Immer und immer wieder hat man dieses Recht eingehegt, eingeschränkt, zum Teil aufzuheben versucht. Aber es bleibt stehen und bestehen und lässt sich so wenig auslöschen und ungültig machen wie die Texte der Heiligen Schrift.

Und eine dritte Grundschrift gibt es, auf die sich Bruno Pockrandt bezieht, die uns Orientierung und Maßstab sein kann, nein: muss! Sie ist unseren Genen eingeschrieben, die so egoistisch gar nicht sind, wie uns manch prominenter Evolutionsbiologe einreden will: der eingeschriebene Impuls, dem, der in Not ist, zu Hilfe zu sein. Die Bedenken sind sekundär, kommen aus der grauen Hirnmasse und sind uns wesensfremd. Die ausgestreckte Hand ist ursprünglicher als die geballte Faust.

In diesem Jahr der neuen Herausforderungen, der Hunderttausenden von Flüchtlingen, die ausgerechnet unser Land zum Ziel ihrer lebensgefährlichen Flucht erkoren haben, fahren wir vielleicht auf Sicht, müssen neue und pragmatische Wege gehen, bislang Unversuchtes ausprobieren und Unsicherheiten ertragen. Aber orientierungslos, maßstablos sind wir nicht. Wir hätten einen Kompass, so wir denn wollten. Bibel, Grundgesetz und Menschlichkeit – in diesem Buch werden sie beschworen. Wer Ohren hat zu hören ...

Reiner Dickopf

Widmung

will schreiben für die fliehenden
durch ungewissheit ziehenden
mit kläglicher habseligkeit

die aufs vergangne fluchenden
die neue heimat suchenden
in der noch niemand war

ich schreibe jenen diese zeilen
die ohne jedes zögern teilen
weil die da kommen menschen sind

ich möchte einmal die erreichen
die blindem hass nicht weichen
und würde schützen tag für tag

doch auch die distanzierten
die noch nicht engagierten
sie könnten zuflucht werden

Abrahams Kinder

Exodusaporie

sie erreichen des nachts verängstigt das meer
erschöpft und gänzlich am ende
wer schafft einen mann wie mose her
herbeizuführen die wende
es will das meer sich partout nicht spalten
auch sind keine engel in sicht
und die ihnen als pharaone galten
verfolgen die fliehenden nicht
stattdessen tauchen wächter auf
von den ländern der zuflucht gesandt
die sind schon ganz erpicht darauf
sie rückzuführen ins herkunftsland

Wüstenjahre

wenn das meer überwunden
grüßt sogleich die wüste
entbehrung und hunger
durst und gefährdung
von himmlischer führung
sprachen die alten
doch wachteln und manna
bleiben aus
da kann mut
zum kleinmut werden
da kann der aufbruch
späte reue kreieren
da kann wachsen die sehnsucht
nach dem alten unglück
nach dem haus des elends
mit dem man vertraut

Mein Vater war ein umherirrender Aramäer

heimatlosigkeit als erbe
biblische mitgift
es war immer so
nichtsesshaftigkeit
als identität
zu der aber gehört
die gastfreundschaft
sonst verkommt
frommes gedächtnis
zur bigotterie

Überzeitliche Wahrheit

denn wir sind gäste nur bei dir
sagt der chronist der bibel
es bleibt niemand auf ewig hier
das weiß die alte flüchtlingsfibel

denn wir sind gäste nur bei dir
fremdlinge wie alle unsere väter
das gilt auch noch so scheint es mir
mehr als zweitausend jahre später

das davidwort bleibt sehr brisant
drum halte es beherzt im blick
nicht jeder geber hat erkannt
er gibt empfangenes zurück

Das Zeichen des Jona

geh nach ninive
und sag die wahrheit
offenbare den verkommenen
wie es um sie steht
aber tarschisch lockt
der bequemere weg
weitab der gefahr
fern von gott und sich selbst
ist die welt doch schlecht
und sie wird sich nicht ändern

im bauch des fisches
die große wende
auftrag erfüllt
das ärgernis bleibt
die unvediente vergebung
zuweilen fehlt es
am rizinusstrauch
um des lebens lektionen
zu lernen

Jonathans Beispiel

so groß war die treue
sie trotzte dem vater
der zum feind geworden
dem geliebten freund
so groß war die liebe
zu schützen den freund
zu bewahren sein leben
zu retten den freund
der bedroht
auf der flucht
von versteck zu versteck
von fluchtweg zu fluchtweg
zuflucht fand

Janusköpfig

komm und iss
sonst wird der weg
für dich zu weit
so sprach zum
flüchtigen elia
der engel
der ermutigung
iss und verschwinde
heisst die botschaft
des engels
den berlin entwickelt
zur abschreckung
ganz ungeschminkt
asylrecht wird gerupft
bis zur unkenntlichkeit gestutzt
wir schaffen das
kann so doch nicht
gemeint gewesen sein

Botschafter

ein flüchting wird kommen
dir die nachricht zu bringen
du wirst reden
und nicht mehr stumm sein
so steht es im buche ezechiel
der flüchtliung als bote
was kündet er uns
zu welcher rede
wird er uns bewegen
begegnen wir ihm
de cara a cara
oder schrecken wir ihn
mit der fratze des mobs
mit dem irrlichternden hass
der unbewusst
doch den hassenden meint

Solange Herodes lebt

es war ein traum
ein engelswort
ein nächtlicher impuls
schlafstörung
aber lebensrettend
josef erkennt
steht auf und geht
führt frau und kind
in die freiheit

auf die sterndeuter
kann er sich verlassen
die sind mutig
und sie sind klug
die haben verstanden
verstehen sich darauf
gekränkter macht
zu begegnen
denn deren zorn
fordert als ersatz
für gewöhnlich
andere opfer

so muss Rahel
um ihre kinder weinen
manchmal ist flucht
alternativlos

Blickwechsel

er stellte ein kind in ihre mitte
den rangstreit der seinen zu schlichten
wer von ihnen der größte sei
im reich der himmel
das schon begonnen

er stellte ein kind in ihre mitte
und damit diese welt auf den kopf
wir lassen die kinder
an den rändern verkommen
machen die schwächsten zu den ärmsten

er stellte ein kind in ihre mitte
benannte den maßstab klar
wer ein solches kind aufnähme
der nähme ihn auf

und wer es den fluten überließe...

Staub von den Füßen

in antiochien
ist der boden zu heiß
die lage für paulus
wird brenzlig
nichts wie weg nach ikonion
nach lyakonien und lystra
doch auch hier
lassen die hetzer
die steine fliegen
halbtot geht es weiter
nach derbe

Entweder – oder

ich war hungrig
und ihr habt mir zu esssen gegeben
oder nicht
ich war durstig
und ihr habt mir zu trinken gegeben
oder nicht
ich war fremd und obdachlos
und ihr habt mich aufgenommen
oder nicht
was ihr für einen dieser geringsten getan habt
das habt ihr mir getan
oder nicht

Die Sache mit dem Nadelöhr

in der kirche gewesen
gute predigt gehört
die sache mit dem nadelöhr
geht mir nach
ob jesus nur dick aufgetragen
ob es bloß ein übersetzungsfehler
oder schlichte unvereinbarkeit
mammon und kirche
haben ihre geschichte
aber mammon und gott
geht einfach nicht
das kann nicht gehen

Untilgbar

wohin könnte ich fliehen vor deinem geist
wohin mich vor deinem angesicht flüchten
so fragt der psalmist
um unentrinnbarkeit wissend
wenn sie kommen wie flüchtende vögel
allesamt aus ihren nestern gefallen
dann wird unauslöschlich bleiben
ob wir sie aufnahmen
oder vertrieben
gemein uns machten
mit den zaunfetischisten
den haltlosen hetzern
aus heidenau und anderswo
oder ob wir gemeinsam den platz bereiten
an den der menschensohn
sein haupt legen kann

Vielfach befremdlich

fremdkörper flüchtling
fremdexistenz auch die eigene
die unheimlich wird sich selbst
atem holen
so weiß die bibel
müssen sie beide
vor dem fremdwesen gott
das in unbekannter nähe
bereit steht
die ferne
in nähe
zu wandeln

Hin- und hergerissen

Abraham und Sara bewirten die Engel. Samson tötet die Philister. Blutrünstig fällt Josuas Jerichoauftritt aus. Des Samariters Barmherzigkeit ist beispielhaft. Selbst der gewogene Bibelleser kommt an dem Befund nicht vorbei: der Umgang mit dem Fremden ist höchst ambivalent.

Interpretationsbedarf

„Auf, ihr Durstigen, kommt alle zum Wasser! Auch wer kein Geld hat, soll kommen. Kauft Getreide und esst, kommt und kauft ohne Geld, kauft Wein und Milch ohne Bezahlung"- Gott sei Dank – die Einsicht verdanke ich einem Vorwort zu einem in der Schweiz gedruckten Katechismus der Achtzigerjahre – ist die Bibel nicht wörtlich zu nehmen, das führte zu unhaltbaren Zuständen. Jesajas xenophile Gutmenschexstase erfordert folglich eine gründliche Interpretation.

Der fremde Gott und der fremde Mensch

Wer sich die Anerkennung des transzendenten Gottes zu eigen machen möchte, zielt gerade nicht darauf, sich Gott anzueignen, indem der Andere, Fremde, Transzendente assimilatorisch im Selben, Eigenen aufgelöst würde. Mehr denn je dürfte gar eine Berufung der Kirche darin liegen, eine kritische Alternative zu den gängigen Aneignungsstrategien der Moderne zu leben, also in Beziehung zu setzen, statt auszugrenzen, zu verbinden, statt zu isolieren, zu integrieren, statt zu spalten.

Worauf es ankommt

Gastfreundschaft und Fremdenfreundlichkeit bilden die Nagelprobe humaner Zuwendung. Sie relativieren alle Trennungen und Aufsplitterungen, die diskriminierende Abstandhalter zwischen uns installieren. Und sie dulden keine Rechtfertigung rivalisierender Gottesnähe der einen gegen die anderen.

*Der Menschensohn
hat keinen Ort*

Nicht auszuschließen

sie schließen nicht aus
dass er von sinnen sei
des wanderpredigers verwandte
von allen guten geistern verlassen
sei er mit den bösen im bunde
zu ihrer vernunft
möchten sie ihn bringen
der ihren clan verlassen
irregeleitet
gar verführt
in jedem falle durchgedreht
verwandtschaft definiert er neu
tauscht mutter
schwestern brüder aus
nicht sippe nicht haus
der neue weg
meint die neue haltung
nicht auszuschließen
die setzt das mass
dazu zu gehören
zur neuen bewegung
nicht auszuschließen
dass diese option
ihn heimat und obdach
und leben kostet

Nowhere Men

wenn das bleiben
nicht möglich
weil die hilfe
nicht spürbar
wenn das gehen
nicht möglich
weil das ziel
nicht sichtbar
wird aus irgendwo
nirgendwo
und aus leben
wird
tod

Jenseits der Duldung

erkennen
dass dulden zu wenig ist
erkennen
dass anerkennen notwendig ist
erkennen
dass rangordnungen
herrschaft bedeuten
es ist nicht die pyramide
der kreis ist die gestalt
der humanität

A-Z-Exit

ein feste burg ist euroland
wehrhaft und wohl gerüstet
sein reicher kern vorm armen rand
sich mit hehren werten brüstet

ist auch die welt voll von flüchtigen
sie kann es nicht erschrecken
das große bollwerk lässt entdecken
die abwehrwut der tüchtigen

freizügig bewegt sich nur das geld
und seine surrogate
die neos stehen verlässlich pate
und koste es die welt

und selbst wenn die voll teufel wär
und wollt alles verschlingen,
sie schämen sich nicht einmal sehr
ein lied auf europa zu singen

Doppelter Schiffbruch

das boot ist voll
so wehrt der überschwemmung
es aktivieren die nationen
ihre wirksamen dämonen
spielen mit zahlen
und schüren ängste
zu kentern drohen
in hysterischen strudeln
die demokratie
das menschenrecht
die gerechtigkeit
derweil sind andere boote voll
tausende versinken im mittelmeer
das mare nostrum
ein sepulcrum commune
ein feuchter friedhof
hoch frequentiert
kein grund zur besorgnis
für aida und queen mary
sie können bislang noch risikofrei
kurs auf die sonnigen inseln nehmen
einschneidende maßnahmen werden ergriffen
damit der einen albtraum
die dreamlines der anderen
nicht gefährde

Mahnworte der frühen Kirche

statt die geräumigen häuser zu schmücken
sollten christen den fremden ins zentrum rücken
ihn nicht im peinlichen winkel verstecken
sondern ihm bewusst den ehrentisch decken

zwei oder drei aufzunehmen war dem laien bestimmt
nahm der bischof nicht alle war er unmenschlich gesinnt
ich wüsste ein bischofshaus unweit gelegen
das harret seiner umwidmung zu solchem segen

Quo vadis

wo kommst du her
wo gehst du hin
du musst dich registrieren
wir müssen wissen
wer du bist
wir dürfen nichts riskieren

wo ist dein ausweis
zeig den pass
was ist mit dokumenten
wir nähmen dich auf
wir gewährten asyl
wenn wirs begründet könnten

doch wenn du nur
der not entfliehst
im traum vom guten leben
dann bist du falsch hier
ohne chance
die wird es auch nicht geben

Wer Ohren hat zu hören

im lexikon
folgt flucht
auf fluch
das klingt doch
nachvollziehbar
so mancher flüchtling
der's versucht
fühlt sich am ende
wie verflucht

ein segen
soll der fremde sein
so sagt uns gottes wort
so mancher zeitgenosse reagiert
als hätt' er's nicht gehört

Willkommenskultur

undurchlässigen stacheldraht
als erstes man vor augen hat
errichtet ohne scheu
niegelnagelneu

was nützt all das gute
auf der deutschlandroute
wenn ungarn verstockt
und serbien blockt

per gesetz ist diktiert
wer die grenze passiert
und das illegal schafft
geht in ungarn
für jahre in haft

Stadtmusikantenlogik

etwas besseres als den tod
findest du überall
des esels rat
nicht unbedingt
auch eine eselei
wer nur den tod
zu fürchten hat
geht volles risiko
ob bessres kommt
steht noch dahin
der fluchtversuch ist's wert
um diese logik zu verstehen
muss man kein federvieh
und auch nicht musikalisch sein

Da capo al fine

gescheitert
wieder aufgegriffen
rücktransportiert
und interniert
jetzt heißt es
neue schleuser finden
das neue boot
ein todesfloß
wie all die anderen zuvor
das ganze geht
von vorne los
der kampf geht
unbarmherzig weiter
es bleiben flucht
und/oder tod

Tunnelblick I

in calais offenbart sich ein schweres leiden
man nennt es tunnelblicksyndrom
die geflohenen sehen england schon
und müssen sich doch mit dem lager bescheiden

die andern haben längst schiffbruch erlitten
den tunnel zur no-go area erklärt
und obwohl das elend sich täglich mehrt
für ein vermauertes europa gestritten

die versperren den fluchtweg mit zäunen und hunden
fünftausend heimatlose harren der chance
die menschenrechte sind außer balance
und erliegen ihren tiefen wunden

Tunnelblick II

nur gerade aus
kein blick zurück
und die bellenden hunde
dicht auf den fersen
und hetzende treiber
überall zäune
so rennen sie durch das dunkel
durch die hölle von calais
nicht stehen bleiben
und nur nicht stolpern
der zug nämlich bringt
wenn er kommt
nur den tod

Tunnelblick III

es darf keiner durchkommen
lautet die parole
sonst werden sie alle kommen
jetzt schon werden es täglich mehr
sie stören die ordnung
sie bringen das chaos
und sie gehören nicht hierher
die welt braucht ordnung
die schaffen wir
doch die welt zu retten
das schaffen wir nicht

Fluchtprofile

wer zuflucht bei den menschen sucht
und nur deren ausflucht findet
der ist noch immer
auf der flucht

wer zuflucht bei sich selbst nur sucht
vertrauen nie an andre bindet
der ist noch immer
auf der flucht

Memento

das schreckliche bild
von den toten im meer
das ist nicht neu
das kennen wir schon
doch das neue bild
weckt verwesungsgestank
fünfzig tote liegen im laster
die hat man einfach
sterben lassen
ebensoviele mussten ersticken
im laderaum des schlepperschiffs

das schreckenswort vom schießbefehl
es geistert schon durch die netze

Entzogen

er war nicht einheimisch
nicht alteingesessen
schon gar nicht etabliert
funktionierendem betrieb
stets dysfunktional
ein gewaltloser störenfried
ein saboteur
jener ordnung
der aus geistlichen gründen
er sich entzog
nur so konnte er
den eigenen fremd
den fremden nahe werden

Zaungast

eine nachrichtenszene
unter so vielen
ein junger mann
sitzt machtlos vorm zaun
aus dem elend war er
ins ausland geflohen
das ausland hat sich
als elend entpuppt
in die kamera sagt er
ich werde nicht gehen
auch wenn ich
hier sterbe

Vom Leid der Wiedergänger

sie kamen übers mittelmeer
wurden von frontex aufgebracht
und wieder zurückgeschickt
sie müssen sich sputen
auf neuen routen
der winter steht vor der tür
so kommen sie auf anderen wegen
es wartet die wüste
samt beduinen
die fordern lösegeld
erneut abgewiesen
brechen sie auf
und stehen an unseren grenzen
lukas erzählt von einem richter
der ohne rerspekt
vor gott und menschen
sich doch erbitten lässt
durch die lästige witwe
wie lange werden wir
es uns leisten können
verzweifelter beharrlichkeit
mit abweisung zu begegnen

Zahlenwert und Menschenwürde

Liminal

sie kommen an ihre grenze
wir kommen an unsere grenze
es ist die frontière
stacheldrahtgeschützt
die trennt das draußen
vom drinnen

sie kommen an ihre grenze
wir kommen an unsere grenze
es ist die limite
erfahrung der schwelle
passage nimmt vorweg
die bewegung ins neue

sie kommen an ihre grenze
wir kommen an unsere grenze
es ist der finis
das non plus ultra
wir alle sind des todes
es sei denn es zeigt sich
mehr als der fall ist

Zählen oder schätzen

sie werden nicht geschätzt
sie werden gezählt
nach erstanträgen und
folgeanträgen
nach registrierten
und nichtregistrierten
schreckliche zahlen
schrecken ab
es muss sich
schließlich auszahlen
das zählen

Zahlenspiele

Täglich kommen neue Flüchtlinge. Täglich kommen neue Zahlen. Wie viele werden kommen? Achthunderttausend, eine Million, eineinhalb Millionen? In jedem Falle weniger als zwei Prozent der jetzt in Deutschland Lebenden. Und vier Millionen Muslime entsprechen gerade mal fünf Prozent der Landesbevölkerung. Die explodierenden Zahlen suggerieren immer mehr, darum werden sie ständig ins Spiel gebracht. Es ist ein schmutziges Spiel, es dient der Hysterisierung, der Panikmache. Und hilft nur denen, die Abschreckungsinteressen hegen.

Affinität

Asyl reimt sich – wenn man es nicht zu puristisch betrachtet – ganz passabel auf Kalkül. Wenn das mal kein Zufall ist!

Grenzwertig

Die Rede geht von nationalen und internationalen Grenzen, von offenen und durchlässigen Grenzen, von inneren und äußeren, von Untergrenzen, Obergrenzen und von der absoluten Grenze. Damit ist zumindest der sprachliche Grenzfall erreicht.

Von Angesicht zu Angesicht

je größer der abstand
des betrachters
desto kleiner
das betrachtete
bis es gesichtslos
relativiert ist
ob die menschen bleiben
oder fliehen
ob sie hier bleiben
oder gehen
ist dem blick
aus der galaxis
absolut unbedeutend

doch von angesicht
zu angesicht
in tuchfühlung
mit dem leidenden
der auf der flucht
vor dem tod
vor dem leben
ohne brot
gewinnt die frage
absolute bedeutung

Vom Elend der Appelle

es müsste
europa sich verantwortlich fühlen
es müssten
die starken mehr leisten
als die schwachen
es müssten
die mächtigen der herkunftsländer
reformen durchführen
die den namen verdienten
es müssten schließlich wir selbst
entschieden anders leben

allein die verhältnisse
sind nicht so
drum bleibt nichts
als tönendes erz
und jede menge
gellender schellen

Von der Wehrlosen Würde

es hat der mensch würde
doch keinen wert
der wie bei der ware
sich rechnet
so ist nachzulesen
bei immanuel kant
welch missverständnis
für wertlos zu halten
den menschen der
ohne wehr
um seine würde kämpft

Anonymisierung verdinglicht

sie mögen zahllos sein
doch niemals namenlos
sie heißen abdul
und djamal
kamil latif mustafa
quamar nour und fatima
doch niemals welle
niemals flut
nicht schwemme
und nicht strom
auch lawine
kommt gar nicht vor

Gezeichnet

viele die hass gepostet haben
hinterließen ihre namen
und die anschrift noch dazu
schuldlos und schamlos fühlt man sich
das wird man ja noch schreiben dürfen
so mag den übereifrigen entgehen
dass sie nicht nur gezeichnet haben
dass sie vor allem gezeichnet sind

Das Ende der Kindheit

ahmet
sechs Jahre
aus syrien
die bombe
tötete alles
den vater
die mutter
und die geschwister
nur der onkel blieb
und der verlor
seine frau
und seine kinder
der fliehende onkel
nahm ahmet mit
der schläft jetzt
auf einer decke
sein spielzeug
ist durcheinander geraten
im wald
vor ungarns zaun

Rein hypothetisch

gesetzt
alles was recht ist
wäre gesetz
dann verlören gesetze
die bislang in geltung
dieselbe unverzüglich

dann genösse gastrecht
ipso jure ein jeder
der auf der flucht ist und
solchen rechtes bedürfte
alles was recht ist
das ist natürlich
rein hypothetisch

Folgenschweres Gezänk

sie streiten über quoten
und beklagen die toten
sie machen bahnhöfe dicht

europa ist gespalten
man setzt aufs verwalten
doch helfen wird das nicht

S'brennt, Briderle, s'brennt

es lodern die flammen
beschleunigter brand
unschuldige sind in gefahr
das ist zu verdammen
und es liegt auf der hand
wer dafür verantwortlich war

die fanatisierten braunen konsorten
die fühllosen unbelehrbaren
machen vor keiner grenze halt
dagegen gilt es jetzt allerorten
der schutzbedürftigen würde zu wahren
diesen spuk zu beenden schon bald

wo aufnahmestätten in flammen stehen
noch bevor sie bezogen sind
droht dass wir bald flüchtlinge brennen sehen
dass menschenasche weht im wind

In memoriam Aylan Kurdi

totes kind
an land geschwemmt
hilflos ertrunken
wie mutter und bruder
lebloses strandgut
vom meer freigegeben
ein schilfkörbchen
stand nicht zur verfügung
ungefragter stellvertreter
all derer die das meer behielt
wehe uns
wenn wir uns rühren lassen
durch eigene rührseligkeit
statt uns zu rühren
und zu handeln
zu vielen droht
der flutentod
uns aber die
sich sicher wähnen
droht unterdessen zweifelsfrei
die pure unverzeihlichkeit

Die große Amnesie

kaum zu glauben
dass all das vergessen
verfolgter hugenotten flucht
bedrängnis der waldenser
die flucht der polen an die ruhr
der exodus der deutschen
die fliehenden ungarn
von sechsundfünfzig
ist's selektives
langzeitgedächtnis
ist es funktionale demenz
sich abzuschotten
gegen hilflose menschen
gedächtnislos und egoman
mit zweierlei maß
zu messen

Nostra maxima culpa

wir bekennen
gott dem allmächtigen
und allen brüdern und schwestern
dass wir gesündigt haben
das leid kommt nicht von ungefähr
nicht durch naturgewalt
und auch nicht als fatum
die traurige fliehkraft
ist menschengemacht
wir haben die despoten gefüttert
haben unbelehrbar waffen geliefert
das blutgeld floss in den steuerrekord
der stolzen exportweltmeister

Wer wem was bringt

alterndes deutschland
du bist nicht zu beneiden
dein wirtschaftswachstum
ist in gefahr
deine produktivität
wird sinken
eine frischzellenkur
ist dringlich vonnöten
da kommen die fremden
doch gerade recht
sie bringen uns jugend
und arbeitskraft
was bringen wir
den kommenden

Ansichtssache

sind es schleußer
sind es schlepper
kriminelle menschenhändler
die milliarden scheffeln
oder
fluchthelfer
routendealer
migrationsförderer
mit mosesmythos
hängt ganz davon ab
wen man fragt

Eschatologische Zuständigkeit

aller augen warten auf uns
dass wir ihnen speise geben
zur rechten zeit
untätig nach oben zu verweisen
füttert nur das elend
während die elenden hungern

Tragweite

liebe deinen nächsten
er ist wie du
so sagt eine lesart
die fast vergessen
liebe deinen nächsten
das bist du selbst
könnte heißen
es gibt keine andern
weil alle denkbare differenz
von der ebenbildlichkeit
schon umfangen

Beobachtung

er ist kein geheimnis
das zu verraten
der mensch ist kein rätsel
das zu erraten
der mensch ist geheimnis
und wird es bleiben
auch wenn sein umgang
mit dieser bestimmung
rundherum rätselhaft ist

Milch und Honig
sind nicht in Sicht

Anhänglichkeiten

unter der engel hintertreppe
soll der witz kursieren
die sesshaften geister
kämen mit dem jenseits
nicht klar
weil sie dazu
conditio sine qua non
das diesseits
aufgeben mussten

Selektion

wenn zwei das gleiche tun
ist es noch lange nicht dasselbe
sag mir woher du kommst
und ich sage dir
ob du bleiben kannst
balkan ist schlecht
syrien ist gut
am besten bist du mediziner
oder du bist ingenieur
das sagt der markt
und der wirds wissen
denn der bestimmt
das bedarfsprofil

Loyalitätsproblem

aufregung in der politik
misslich erscheint die lage
manch einer ringt mit sich im blick
darauf wie ers dem wähler sage
dass da noch viele kommen werden
die heimatlos und ohne brot
so manchem völkerwanderer auf erden
drohen zu hause not und tod
pegida kann das nicht erschüttern
ganz deutsch ist man sich selbst genug
lässt abgeordnetenherze zittern
den druck erhöhend zug um zug
wie kommt er aus der treuefalle
was ist des volksvertreters pflicht
die problematik spüren alle
die lösung haben sie noch nicht

Visiten

die herrn minister zeigen sich
jetzt öfter auch vor ort
sie hören interessieren sich
begegnen auf ein wort
ist's eine respektable geste
ist's nur politisches kalkül
das wird man an den taten sehen
allein das reden hilft nicht viel

Vorsicht zerbrechlich

jeder fremde habe
die heimat im arm
so sagte nelly sachs
wo findet sich platz
für gefährdete fracht
das gestern
fördert schmerz
es treibt in angst
das morgen
heimat bleibt
risikogepäck

Deine Sprache verrät dich

betriebsstoffgleiche
lagerhaltung
flüchtlingswellen
im massenspeicher
aufgefangen
bevor es heißt
hop oder top
da klingt doch camp
zumindest nach zelten
nach provisorischer unterkunft
nicht derart belastet
wie der terminus lager
den wir traditionell
auf lager haben

Fehltritt

ein bild
geht um die welt
eine frau tritt nach
und stellt ein bein
dem flüchtenden vater
mit dem kind auf dem arm
heimtückisch bringt sie ihn zu fall

ein bild
geht um die welt
und bilder
sind ihr geschäft
doch jetzt wird sie selbst abbild
der sonderbehandlung
die in der sonderzone
um sich greift

Verzweiflung

wie verzweifelt muss man sein
wie aussichtslos sich fühlen
wenn schlagstöcke
wenn tränengas
die antwort
auf das elend sind

wie verzweifelt muss man sein
wie aussichtslos sich fühlen
diesseits des zauns
mit tränengas
die tränen der armen
zu produzieren

wie verzweifelt muss man sein
wie aussichtlos sich fühlen
die barbarei
selbst gegen kinder
als legitim
zu deklarieren

europas offenbarungseid
fällt wahrlich hässlich aus

Nicht ganz auf der Höhe

Das ist der Gipfel, der Sondergipfel. Das ist ja wohl die Höhe. Das suggeriert hohes Niveau: Carpaccio von Roter Beete mit Räucheraal und Perlhuhnbrust mit Steinpilzen, so ist zu lesen, verschaffen harmonische Atmosphäre – urbi et orbani. Den Flüchtlingen soll's recht sein, sofern das alles in Besserung gipfelt. Doch: Kater am Morgen. Der Vorabend war ganz und gar nicht Spitze. Auf der Höhe des Abends stürzten die Standards ab.

Klarstellung

Man könnte versucht sein, zu meinen, wer da ist, sei schon angekommen. Das aber ist weiß Gott nicht der Fall.

Hoffnungszeichen?

Willkommenssignale allüberall. München voran. Präzedenzfälle des Teilens. Symptome einer Transformation. Verändert sich unsere Gesellschaft. Oder ist das nur Romantik?

Qotentöne

Völker, hört die Quotentöne! In Europa wird gestritten, verschleppt, gedroht. Wer nimmt wieviele, wer darf passen, wer muss sich fürchten vor Sanktionen? Grenzen werden verstärkt, überschritten, täglich und das mit Kalkül. So klingt das, wenn Europa das Menschenrecht verteidigt.

Die andere Mobilität

den stillstand
in der flüchtlingsfrage
konterkariert die iaa
protzt mit ps
auf großer bühne
als wäre nichts gewesen

die andere mobilität
wird entworfen
der fahrerlose
selbstbeweger
kein mensch
sitzt mehr am steuer

doch dies prinzip
klingt nicht so neu
das scheint schon
in betrieb zu sein
betrachten wir
die flüchtlingsfrage

Physikalisches Analogon

das klima
nichtlineares system
allzeit bedroht
durch kippelemente
effekte unkontrollierbar

es klingt so
als wäre die rede
von der seele des menschen
den vielen einflüssen ausgesetzt
mit ebenfalls
unkalkulierbaren folgen

leben bewegt sich
individuell
wie global
auf ungeahnt dünnem eis
wir sollten uns tunlichst
nicht verrechnen

Fatale Folgen

es mehren sich die angstattacken
derer die wenig haben im land
menschen auch ohne rechte macken
fällt der schlüssel aus der hand
der die lebenstür entriegelt
hinter der die chancen warten
doch wer so oft abgewiegelt
dem fehlt die kraft erneut zu starten
dann ist das angstspiel schnell gespielt
der folgen sind fatale
der kränkung rache nämlich zielt
aufs opfer das jetzt ein rivale
das funktioniert von altersher
des selbstverachters bittrer lohn
es muss die schuld des fremden her
das wusste musil schon

Es nimmt kein Ende

krieg ist vom bösen
schafft neuen krieg
manchmal nur mittelbar
zumeist trifft er die waffenlosen
der routinierte urvertreiber
krieg ist der vater der flucht
was soll nur aus afghanistan
was soll aus lybien werden
irak ist blutend zweigeteilt
syrien zerfällt in scherben
am horizont zeigt sich bereits
man wird jetzt koalieren
man wird gemeinsam bombardieren
fluchtmotive produzieren
die luftballons gehen uns aus
es werden viel mehr menschen kommen
krieg ist der vater der flucht

Nicht voraussetzungslos

Wer das Flüchtlingsproblem lösen wolle, müsse es an der Wurzel packen, es seien sozusagen die Wurzeln zu ziehen in den Herkunftsländern. Als von Hause aus schlechter Mathematiker habe ich dennoch im Gedächtnis behalten, dass, zumindest mathematisch betrachtet, wer Wurzeln ziehen will, sich mit Potenzen auskennen sollte.

Halbwertzeiten der Feindschaft

Assad wird sie zusammenbringen, die sich zuvor entzweigeschwiegen. Damit man dem IS gemeinsam einheizen kann, wird der Problemfall Ukraine ins Kühlfach müssen. Wenn da bloß jemand nach dem Verfallsdatum schaut!

Gefährliches Leitbild

In der Proklamation des vordergründig ‚Eigenen' zum Leitbild für das davon abweichende Andere verfehlen wir nicht nur das Andere, sondern auch uns selbst. Begegnung findet erst gar nicht statt, territoriale Behauptung führt zwangsläufig Repressives und Totalitäres im Schlepptau, will sie doch Ordnung durch Abspaltung etablieren. Wenn uns die Selbsterfahrung lehrt, Ich sei ein Anderer, wird der Umgang mit dieser Irritation realitätsbildend, in anerkennender Spurensuche oder in spaltender Verleugnung.

„Zwischenleiblichkeit"

So kommt Fremdes nicht sekundär dem Eigenen hinzu, sondern wir entstehen aus dem Dialog von Eigenem und Fremdem, ‚zwischenleiblich' (M. Merleau-Ponty). Die Weise, uns selbst erfahren zu können, trägt eine responsive Signatur, wir sind durch und durch − sozusagen von Hause aus - Antwortwesen.

Von der Unverzichtbarkeit des Fremden

es ist meine angst
angst um mich selbst
sie schafft im fremden
das böse stetig neu
erlaubt mir
dorthin auszulagern
was ich in mir
nicht sehen will
macht so mich selbst
zum fraglos guten
der tapfer kämpft
und unaufhörlich
weiterkämpfen muss
wie hilflos ist die ratio
den misstand aufzuklären
mir die verlockung
jenseits meiner
mir hilfreich zu erhellen

*Denen aber, die ihn
aufnahmen, gab er
Macht, Kinder Gottes
zu werden*

Inserat

gesucht wird ein ort
ein flecken land
dessen gesetze leben lassen
ein fluchtpunkt voll menschlicher
willkommen heißender gesichter
und eine zuflucht die atmen lässt
entgrenzendes menschsein
in person

geboten wird überlebenswille
nachweislich robust und verlässlich
bewährte hoffnung und zielstrebigkeit
bereitschaft zur integration
vielfältig und dankbar und noch dazu
höchstförderlich eigener humanisierung

Engel

ich sehe
dein gesicht
deine augen
die leugnen wollen
was sie gesehen
und die doch offenbaren
den eingefrorenen schrecken
der dich verstummen ließ

dein lächeln
führt leiden im schlepptau
ich will mir vorstellen
was dir widerfahren
und bleibe ahnungslos
und ohne gefäß
deine tränen zu bergen
die laufen gefahr
ungesehen zu verdunsten
auf dem asphalt
der gleichgültigkeit

tritt ein
sei mein gast
es ist gut
es ist recht
dein gutes recht
das meine gabe
als rückgabe
erkennbar macht

Dem Leben verpflichtet

komm und iss
sonst wird der weg
für dich zu weit
komm und schlaf
sonst wird die nacht
für dich zu lang
komm und sprich
sonst wirst am elend
du ersticken
komm lehn dich an
sonst wirst du fallen
komm lass dich wärmen
bevor die seele dir erfriert
komm und erzähl
sonst wirst du stumm
komm und bleib hier
sonst wirst du vergehen

Ad fontes

eine fuga effusa
die fuga mundi
eine schlecht kaschierte
flucht vor sich selbst

in der welt wie sie ist
die fluchten hemmen
die fluchten lindern
die flüchtigen bergen

das diente dem leben
auf beiden seiten
verliehe das heil
jenseits der flucht

Verschnaufpause

bevor die kräfte sie verließen
machten die münchner helfer pause
oktoberfest von fern lässt grüßen
der bajuwaren große sause

schon morgen aber geht er weiter
der kampf um jedes bett steht an
und der erfordert sagt herr reiter
europas solidar-elan

christlich soziale koryphäen
sind höchst besorgt um unser land
doch menschen im kontakt verstehen
helfen konkret mit herz und hand

Demütige Helden

es gibt sie tatsächlich
die widerstehen
nicht mit pose
und viel tamtam
mit selbstverständlicher geste
behutsam und leise
packen sie an
tun das rechte
bergen leben
das arm und bedroht
nichts vergelten kann
das ehrt sie
die demütigen helden
ihr mut schafft raum
steckt andre an

Wissen wie es einem Fremden zu Herzen ist

ist es eine spezifische gabe
gar ein besonderes empathisches gen
tritt die frucht der eignen erfahrung zutage
die flucht mit den augen des flüchtlings zu sehn
die den sensus bildet solidarisch zu sein
unbezahlt in so vielen fällen
bleibt zu hoffen es reihen sich weitere ein
und die beispiele schlagen wellen

Inklusion

zart und genau
so geht es zu
im grandhotel cosmopolis
das wort vom flüchting
fällt nicht mehr
elaborierte termini
erweitern das vokabular
ein hotelgast
ist ein hotelgast
ob mit
oder ohne
asyl

Unfug

Manchmal ist Unfug von unmittelbarer Evidenz. Nach der Hetze der Flucht sollen die Ankommenden im Nirgendwo verhaftet werden, damit dann viele „rückgeführt" werden können. Bleibt zu fürchten, dass wir auch den anderen gegenüber der additiven Lesart verhaftet bleiben und die Aufgenommenen routiniert segregieren, wenn nicht gettoisieren. Aufnahme aber ist ein Begriff von integraler Qualität.

Fetisch Bürokratie

und wenn schon mal
wer die tore öffnet
aufnahme schenkt
unspektakulär
taucht das gespenst
des formalismus auf
der ordnung
die huldigung zu erweisen
und macht dem fremden
die seltene chance
paragraphenergeben
zunichte

Denk ich an Georg Simmel

an simmel denkend
ließe sich sagen
sie sind keine wandernden
die heute kommen
und morgen gehen
die gekommenen werden
auch morgen bleiben
ein jeder ein supernumarius[1]
und dennoch ein gast der bleibt
das konnte jener simmel nicht
der jüdische soziologe
von den geistlosen kreisen
zum fremden gemacht
musste er die heimat verlassen

[1] Georg Simmel in „Exkurs über den Fremden"

Lernprozess?

1986 plakatierte das Volksempfinden: „Das Asylrecht entstand, als wir arm waren. Jetzt soll es weg, damit wir reich bleiben." Heute lese ich „Refugees welcome" und „Welcome to Germany". Haben wir eine neue Sprache gelernt?

Angustia und Traumata

Prügel nicht nur in Kassel-Calden. Schon wird Segregation beschworen. Doch eine Flüchtlingsunterkunft ist nicht die Ruhestätte „Allerheiligen". Weil es buchstäblich eng für sie geworden ist, sind Menschen geflohen und sind jetzt zusammengepfercht in neuerlicher Enge, treffen nicht nur mit unterschiedlichen Vorstellungen und Vorurteilen, sondern auch mit unterschiedlichen Schocks, Verletzungen und Wunden aufeinander, in intimitätsfreier Enge prekär budgetierter Kommunen mit unterbesetztem Schutzpersonal, in der die Vielsprachigkeit als Problemverstärker wirkt. Gratislösungen wird es nicht geben. „Wir-schaffen-das-Proklamationen" müssen eingelöst und finanziert werden. Es gilt, die deutsche Angst davor zu überwinden, dass es mal wieder was kostet.

Wort gehalten

„Wir schaffen das!" haben auch die Flüchtlinge sich gesagt, einander
zugesprochen, immer wieder, auch dann, wenn es gar nicht mehr danach
aussah. Wenn sie die Gewalt, vor der sie flohen, in ihrem Rücken noch
hören, spüren, riechen konnten. „Wir schaffen das!". Die hier angekommen sind, haben es wahr gemacht. Sie haben schon Wort gehalten. Wir
sind an der Reihe.

Eine Frage der Vernunft

Durch humanen Unverstand, so musste ich lesen, blieben dann doch Un-
berechtigte hier. Dem Missverständnis kann Abhilfe geschaffen werden.
Zur Begründung von Humanität braucht es keine Moral und keine Theologie. Dazu reicht bekanntlich die Vernunft. Um den Verstand gebracht
sind die Inhumanen.

Es geschieht etwas

sie heißen diakonie und caritas
pro asyl und willkommen mensch
papiere für alle und flüchtlingsrat
illegal und hier geblieben
sie alle unterhalten konten
wir alle können etwas tun

Argumentum ad hominem

wie wäre das wenn wir erklärten
die kommenden seien personae gratae
sprichwörtliches argumentum ad hominem
indem wir ganz gegen schopenhauer
durchaus persönlich würden
uns willkommen heißend befleißigten
einer veritablen gastfreundschaft

Behutsam kennenlernen oder schnell verstehen

verstehen
kann gewalttätig sein
nachgerade
das schnelle verstehen
es schließt das fenster
bringt in ordnung
was auf den ersten blick
die ordnung störte
der zahn der herausforderung
ist schon gezogen
die lust auf das neue
bereits depotenziert
dabei geht der andere
als anderer
todsicher verloren

Kriterium

Sage mir wie du dem Fremden begegnest, und ich sage dir, wer du bist!

Von Befremdung und Aneignung

Verdinglichung entfremdet und tut dem Fremden Gewalt an. Das Fremde ist anders fremd als es das Eigene konstruiert. Das Fremde muss in bestimmtem Maße fremd bleiben, damit ich an ihm ich selbst werden kann.

Operationsbedarf

ich reiß euch
das herz von stein aus
und schenke euch
ein herz aus fleisch
weil dem allein
der leidende fühlbar

riskant die op
am offenen herzen
und beim kollektiven bedarf
dürfte mit langen wartezeiten
zu rechnen sein

Lebenswichtige Narration

leben
braucht erzählung
des erlebten lebens
zur zeit aber reden
klug und interdisziplinär
wir sesshaften
übers flüchtlingsproblem
über ursachen
und deren wurzeln

sichtbar entwurzelt
die ankömmlinge
wann kommen
die subjekte
endlich
zu wort

Halbwertzeit der Solidarität

wie lange wird sie halten
die gastfreundschaft
das wellcome refugees
der willkommenskultur
die demoskopie
füttert erste zweifel
die mehrheit
sei schon gekippt
medien sind mittel
faktoren der macht
man müsste mehr
daraus machen

Hast du Freunde unter den Fremden?

Er hatte sie im Fernsehen gesehen, diese Leute mit den Transparenten und den lauten Sprechchören. Hinter vorgehaltener Hand, hinter der vorgezogenen Gardine im Wohnzimmer hatte er schon solche Sprüche gehört, wenn er bei Klassenkameraden zu Besuch war „Was die alle hier suchen, sollen dahin zurück, woher sie gekommen sind", „wir haben auch nichts geschenkt bekommen", „denen bläst man den Zucker in den Hintern und für deutsche Arbeitslose ist kein Geld da". Auch in der Schule waren solche Töne zu hören, wenn über die „Flüchtlingsfrage" gesprochen wurde und einige wahrscheinlich bloß das wiederholten, was zu Hause bei Tisch dazu befunden wurde. Die Demonstranten schrien jetzt lauthals über den Platz, dass sie in „unserem Deutschland" keine Fremden duldeten, die uns alles wegnähmen und Schuld daran seien, wenn hier so viele Landsleute zu kurz kämen und Not litten.

Es waren jedoch die Berichte über Hunderte von Angriffen, Anschlägen, Überfällen, die Matthias zutiefst schockiert hatten. Im Anschluss an Fernsehberichte war er im Internet auf Meldungen und Berichte gestoßen, die ihm den Atem stocken ließen: Da machten Menschen auch vor erschreckender Brutalität gegen Wehrlose nicht Halt. So war die 70-jährige Bewohnerin einer Flüchtlingsunterkunft, die mit einem Rollator unterwegs gewesen war, von zwei mutmaßlichen Neonazis verprügelt worden. Mit Schlägen und Tritten hatten sie ihr immer wieder zugesetzt. Ja, der Wahn ging so weit, dass sogar bisher noch leerstehende Gebäude in Brand gesteckt worden waren, in denen es noch gar keine Flüchtlinge gegeben hatte. Eine Art vorsorgliche Feindseligkeit machte sich breit. Matthias konnte all das nicht begreifen, herrschte doch zu Hause ein ganz anderer Geist. Er verstand nicht alles, was daheim diskutiert wurde, aber so viel hatte er begriffen: Es kam doch nicht darauf an, woher jemand kam, sondern dass er Unterstützung fände, wenn er verfolgt oder notleidend war. Sein bester Freund war zwar kein Bootsflüchtling, dennoch nicht in Deutschland geboren, sondern mit seinen Eltern hier hergekommen und geblieben. Natürlich waren diejenigen, die mit den Booten kamen, Fremde. Und waren die Hiesigen nicht auch diesen Fremden fremd, die doch wahrscheinlich nicht aus Lust und Laune ihre Heimat verlassen hatten, ohne jede Sicherheit, noch dazu auf jenen überfüllten Kähnen, die hierzulande keine Zulassung bekämen und in den Nachrichten, wie er gehört hatte, Seelenverkäufer genannt wurden. Immer wieder hatten gewissenlose Schlepperbanden diese Menschen auf die Boote gelockt, sich das gut bezahlen lassen aber zu wenig Treibstoff vorgesehen und bewusst in Kauf genommen, dass die Flüchtlinge in Seenot gerieten und dabei umkämen. In einer der Sendungen war das Mittelmeer sogar als Massengrab bezeichnet worden.

Sein Vater ging regelmäßig zu Versammlungen, auf denen sich Leute trafen, die etwas gegen diesen Hass, gegen die Feindseligkeit unternehmen und das Leben in der Flüchtlingsunterkunft im Nachbarviertel verbessern wollten. Was Vater dann zu Hause erzählte, erweiterte das Bild, das sich Matthias allmählich von der „Flüchtlingsfrage" machen konnte. Weihnachten rückte näher. Es würde so kommen wie in all den Jahren. Die Festpredigt würde den Sinn der Weihnachtsbotschaft erklären, aber für die Flüchtlinge im Nachbarviertel würde nicht viel herausspringen. Die kämen darin vielleicht nicht einmal vor. Matthias wollte auch dieses Mal wieder dabei sein, wenn am Heiligabend in der überfüllten Kirche die Weihnachtsgeschichte aufgeführt würde. Nach all dem, was passiert war und ihn in den letzten Monaten so beschäftigt hatte, kam ihm die Weihnachtsgeschichte auch wie eine Flüchtlingsgeschichte vor, in der die Herbergssuche von Maria und Josef plötzlich in einem ganz neuen Licht erschien.

Zwar waren die anderen Mädchen und Jungen jünger als er, doch Matthias wollte gern wieder dabei sein. Zu keinem anderen Tag im Jahr platzte die Kirche so aus den Nähten. Die Eltern aus der Gemeinde, aber auch viele aus dem Stadtviertel oder Besucher, die mit ihren Kindern schon für die Festtage angereist waren, erschienen schon früh, um überhaupt noch einen Platz zu ergattern.

Am Tag, als die Rollen vergeben wurden, hielt sich Matthias zunächst zurück und wartete, bis die Rolle des Herbergswirtes an der Reihe war. Die meisten hatten sich für die Heilige Familie, für die Hirten, den Engel oder die Heiligen Drei Könige interessiert, so dass es jetzt still war. Da rief Matthias laut in die Gruppe: „Den möchte ich spielen!" Verdutzt reagierten die anderen mit Kopfschütteln und fragenden Mienen, warum jemand denn eine so unsympathische Rolle übernehmen wollte. Nun gut, er bekam die Rolle zugesprochen und die Proben konnten losgehen. Der Abend der Aufführung kam und Matthias sang seinen Part: „Wer klopfet an?" – „O zwei gar arme Leut" entgegneten Maria und Josef. „Was wollt ihr denn?" „So gebt uns Herberg heut! O durch Gottes Lieb' wir bitten, öffnet uns doch eure Hütten" Und jetzt wäre nach der Rolle dran gewesen: „O nein, nein, nein!" – „So lasset uns doch ein!" – „Das kann nicht sein!" – „Wir wollen dankbar sein!" – „Nein das kann einmal nicht sein, drum geht nur fort, ihr kommt nicht rein!" Aber Matthias entgegnete laut und beherzt, und vor allem nicht singend, sondern leidenschaftlich rufend: „Nun kommt doch rein!". Alle waren entsetzt, dass Matthias mit seinem Rollentext offenbar völlig durcheinander gekommen war. Das hatte doch bei den Proben immer geklappt. Aber er wiederholte nur noch lauter: „So kommt endlich rein! Deshalb spiel ich doch nur mit!"

Danksagung

Mein Dank gilt all denen, die mich an den Erfahrungen ihrer Lebenswege haben Anteil nehmen lassen und mein Interesse und meine Achtung geweckt haben vor ihrem Lebensmut und dem Schatz ihrer Hoffnung. So sind die Texte gewachsen aus Hören und Sehen, aus Begegnung und Lektüre und der dadurch angestoßenen Reflexion.

Ganz besonders dankbar bin ich Reiner Dickopf für die einfühlsame, geduldige und dialogische Begleitung der Textentstehung, für das Lektorat und die Verfassung des Vorwortes.

Dank auch Peter Ramge für die freundliche Unterstützung in der Gestaltung der Drucklegung.

Der Preis für das Buch orientiert sich nicht an dem der bisherigen Veröffentlichungen. Dies hat seinen Grund darin, dass es nicht einfachhin um den Erwerb von Literatur geht. Der Erlös aus dem Bücherverkauf wird vollständig in die Unterstützung verschiedener Flüchtlingsprojekte einfließen.

Frankfurt, im Oktober 2015   Bruno Pockrandt

Der Autor

Dr. Bruno Pockrandt, geb. 1952, studierte Philosophie, Theologie, Pädagogik und Supervision in Frankfurt, Innsbruck und Kassel. Er lebt und arbeitet in Frankfurt am Main.

Bisher veröffentlicht:

Grenzgänge im Angesicht des Todes. Biographische Narrationsanalysen zur Kontingenzverarbeitung im onkologischen Kontext, Kassel, university press, 2006

Zwischen Befunden und Befinden. Krankenhauswelten im Fragment. Frankfurt a. M., edition chrismon, 2008

Mit leichtem Gepäck. Transitgeschichten. Von Loeper Literaturverlag, Karlsruhe, 2011

Steht alles noch dahin. Von Aporie und Zuversicht, Offenbacher Editionen, 2013

Eine Zeit für die Klage und eine Zeit für den Tanz. Unterwegs von Advent zu Advent, Offenbacher Editionen, 2014

Verzeichnis der Texte

© 2015 Offenbacher Editionen
Alle Rechte beim Autor
Layout, Satz, Gestaltung und Herstellung:
Berthold Druck GmbH, Offenbach/Main
www.bertholddruck.de
Schrift: Quay Sans
Printed in Germany
ISBN 978-3-939537-42-7